황청포구 바람 소리는

내게 잠언이었다

토담시선 015

황청포구 바람 소리는
내게 잠언이었다

차영순 시집

토담미디어

自序

계절을 보내는 일은
내가 황청포구를 떠나온 것만큼이나 슬픈 일이다.
황청포구에 추억의 방 한 칸 빌려 칩거의 날들 속에서
잃어버린 기억들을 건져 올렸다.
시인들은 늘 무언가를 끌어안고 산다.
슬픔이든, 외로움이든, 그리움이든,
은유의 안을 살피고 밖을 관찰하고
고착된 기억 속 주위를 살피면서
건져 올린 시들을 세상 밖으로 내보낸다.
내 안의 나를 발견해주신
김상일 선생님, 박경원 선생님 고맙습니다.

내가 좋아하는 계절은 봄이지만
봄보다 초라한 가을은 없는 것 같다.

2012년 낙엽이 물드는 수리산 한켠에서
차영순

차례

1부

강화도 1

이곳은 섬이었다
섬 안의 날들은 구속과 은총의 본능을 주었다
평화는 지천으로 많았다
이곳의 평화는 나무에도 열렸고
곡식 창고를 드나드는 쥐들도 물고 놀았다
이제 이곳은 혼란이다
더 이상 섬이 아니다
뭍이 하나둘 다리를 건너오더니
섬은 투기 뒤에 매립되고
뭍들이 언제부터인가 아예
주인 행세를 하기 시작했다
말들이 패기 시작했고
낯선 억양들이 서로의 고향을
이야기하는 밤들이 많아졌다
고향은 오랜만에 찾아온 나를 외면한다
마른 가장자리를 밟아도
뭍에서 떠내려 온 기억들 밟히고
한순간 내 의심의 발목을 뒤덮는

습하고 짭짤한 부력
바다가 절벅절벅
나를 황청포구로 떠밀고 있었다

강화도 2

이곳의 석공은 비다
그리하여 비가 내리지 않는 날 이곳의 경전은
멈추어 있다
가끔씩 섬 안의 구름들이 그 끊어진 경전을
들여다보곤,
쓸쓸히 사라진다
이곳의 석공은 멍든 역사다
이곳의 석공은 어차피 돌을 다스려 제 안의 메마른
역사 하나 되돌리려 하기 때문이다
한때 나무들의 언어를 빌려
구름을 불러들였던 말들은
섬을 떠났다 누군가 주름진 땅을 건너와
섬의 애환과 나머지 말들을
점지할 때까지 이 섬의 역사는 구름이었다
그런 날에도 풀과 구름은 바람을 만들지 않았다
모두가 내 안의 게으른 잠 때문이다
강화도,
이곳의 석공은 애환이다

어떤 구름도 돌이 될 사연이 있는 한 메마른 사연

시간의 모퉁이를 넘어

육신을 버리고 내 안의 등불을 찾으려 했던

나의 목마름 때문이다

그리고 지금 나는 비를 기다리고 있다

마른 운명을 빠져나올 내 안의 역사를 기다리면서……

외출

병원에 갇힌 지 8개월째
처음 외박 휴가를 받았습니다
달리 얘기하면 이제 내 스스로 내 안의 고통들을
분리수거하거나 재활용해도 된다는 뜻이겠지요
입으로 발설할 고통과 표정으로 분류해야 할
통증을 자가운전하라는,
연주 없이는 거리를 다녀도
여자가 아닌가 봅니다
그러나 내 안의 악기들은
당분간 소리를 내지 못 할 것이고
나는 한 번도 망가진 악기를 떠올려 본 일이 없었지요
망가진 통증과 망가진 외출
그런 것들은 더더욱 타인들의 음악이었지요
지금 난 입으로도 얼굴 속 표정으로도
연주되지 않는 악보를
거리 저쪽 평소 알고 지내던 모퉁이에게
연주하고 있는 것일까요

〉

입원 8개월 만에 나는

내 안의 고통들을 연주하는 법을 배웠습니다

공중부양

문득 어느 하루의 부피로 공중에 뜬다는 것
기억들이 어정쩡해지고
몸에 맞던 약속들이 골목 저쪽으로 사라졌다
태양은 한동안 링거에 꽂히던 내 동맥의
나른한 체온 너머로 사라졌다
누군가의 방문이 받침이 떨어진 모음들처럼
안부를 들여다보곤 쓸쓸히 사라지는 동안
겨울이 가고 봄이 왔다
하늘을 지나치는 고통들은 저녁의 새들로 충분해
그러나 상처는 더디 빠져 나갔고 공중부양,
한동안 또 다른 내가 되어 잃어버린 멀미의
뒤안을 헤맬 것이다
실밥이 풀리고 사람들의 근심이 잊혀지는
간단없는 날들을 복면을 쓴 채 넘겨다볼 것이다
모든 이별들은 등불로 찾아든다
무게 없는 표정의 무수한 깊이들로
어느 날 나 과속의 길이 급브레이크를 잡는
망각의 건널목에서

내 안을 훔친 공중부양 하나와 맞닥뜨렸다

2月

달력 한 장 넘겼을 뿐인데
햇살의 무게가 다르다
잔설 지워진 자리마다 햇살 비집고
겨울이 벗겨지면 더 보이는 것은
골짜기들 서둘러지는 외출뿐이다
이제 달력 속에서도 그늘진 바람은
얼마 남지 않았다
도시 저쪽과의 통화는 커피물이
납작해지기 전에 끝났고
지금은 물크림 대신 남쪽 창가의 구름 한 스푼
녹여 넣어도 좋을,
겨우내 잠가 두었던 LP판 하나 올려놓고서
먼지들의 긴 사연을 감상하기 시작한다

항변

오늘 같은 날은 안녕하세요? 라고 물으면 안 됩니다
내 삶은 당분간 척추 근처에서 안부를 잃고 말았습니다
무릎 뒤쪽의 힘줄들이 일제히 일어나
피아노 건반 '운명'을 두드리고
오늘 같은 날은 정말이지 세상의 어떤 인사도
제 척추를 통과할 수 없습니다
밖의 햇살이 따뜻하다구요
벚꽃이 라 음아처럼 춤추고 있다구요
오늘 같은 날은 세상의 그 어떤 꽃소식도
내 등줄기로는 범접할 수 없다는 걸
내 척추는 잘 알고 있지요
오늘 같은 날은
정말이지 오늘 같은 날은,

조용필 공연을 보았다

1. 관음증
창밖의 여자를 보았다
어쩌면 그 시대의 소녀들은 지금도 창밖에
서 있는지도 모른다
그토록 많은 소녀들이 창밖에 서 있을 줄은
오늘 공연을 보고서야 알았다

2.
나는 몸 속의 추억들을 견딜 수 없어
파마 속에 단발머리를 뒤져보았다
바람 속으로 걸어들어 온 가슴들은 다 저렇듯
열아홉 살이다
영원히 풀리지 않는 바람의 왜소증
조용히 복도로 나가 창밖의 단발머리 소녀가 되어본다

3.
잠실 체육관에 들렀다
잠실이 무엇이던가

누에가 추억을 읽었던 아주 오래전의 어원이리라
나도 오래전의 그만큼을 읽기 위해 외투를 여미며
체육관 한쪽을 찾았다

4. 조용필
나는 조용필의 키 작은 추억을 좋아하지 않는다
더 후회되는 것은 LP판 위에서 조용필과 먼지가 되려했던
내 오랜 착각이었음을,
조용필 공연에 들렀다
좀처럼 바람의 일정을 거두지 않는
무수한 여동생들을 잊고 있었다
선반위에서 마른 꽃이 되어야 한다고 믿었던
내 오랜 바다 황청리
돌아오는 길의 서쪽 날들은
아직도 연말을 헤매고 있었다

5.

조용필을 만나기 위해서는 빅마마를 만나야 한다

반대쪽 체육관의 빅뱅에게 길을 물어야 한다

그들도 그 겨울의 찻집 여인을 위해서

봉사활동을 하고 있었다

조용히 생각해 본다

한겨울의 모든 바람들은

그 겨울의 찻집을 일러주기 위해 간판이 되고 있구나

조용필의 가장 먼 의자에 앉았다

6. 킬리만자로의 표범

세월이 흐르면 킬리만자로의 표범도 육자배기가 된다

조용필의 폐 속 어느 깊은 곳에 어두운 공기들도

김빠진 양주가 된다

먹이를 찾거나 산기슭을 어슬렁거리는 것들은

추억의 직업이 아니다

그건 단지 추억들의 질병이었을 뿐이다

7.
오늘 나 조용필을 훔치기로 했다
훔친다는 것에 대하여 오래도록 소설 변경을 읽었다
카프카의 실존을 훔치는 데는 죽음을 훔치는 것보다
카프카를 훔치는 것이 나았다
내가 조용필을 좋아하는 것은 그의 목소리가
프라하를 닮았기 때문이다
ㄱ의 목소리가 공산주의 외곽을 차치하기 때문이다
아직은 포성을 포기하고 싶지 않다
그게 조용필이라면,

8.
오래 운전을 하다보면 자주 세상을 용서한다
황청포구로 가는 길 속에서도 나는 문득문득
조용필에게로 간다
바다에 수록된 무수한 조용필과
바다 속에서 낭패를 만난 무수한 조용필들과
그리고 때론 오십이 넘으면 세상의 모든 후회들이

조용필의 계절을 닮아간다

9.
내가 고비고개를 내 호흡의 어두운 정수리로 느끼기까지
조용필은 나타나지 않았다
어떤 꽃들이 단발머리를 하겠는가
그러고 보면 우리는 먼 시간 속으로
추방당한 칠판 속의 꽃들일 뿐이다
그리고 내가 아는 소녀는 아직도 키가 작다

새조개는 삐끼 중

지금 남당리 포구에는 오염된 바다를 뛰쳐나온
새조개들이 현수막 속에 들어앉아 호객행위를 한다
지나가는 차량들 무심히 쌩쌩쌩
겨울바람을 일으키며 도망치듯 달아난다
아! 남당리
포구의 주차장은 새조개의 빈 껍질처럼
텅텅 비어 있다
북적이던 식당 안은 싸늘한 난로만이 덩그러니 놓여 있다
바다를 살리자고 외치던 사람들은
모두 어디로 간 것일까
바다를 뛰쳐나온 새조개들만이
수족관을 지키고 있을 뿐,

외포리 새우젓 축제

외포리 새우젓은
일 년에 한 번씩 축제를 연다
플라스틱 통 속에 서해를
꾹꾹 눌러서 건네준다
외포리 축제는 그리하여 등이 시린 날들이
누리는 귀향의 회포다
세상에 누가 추억을 절여서
싱거운 꿈을 꾸겠는가
내가 연애편지를 쓰고 아이의 성장 속에서
고래 등 같은 세파에 시달리는 동안에도
외포리 새우들 올 가을을 맞아
연예인들을 불러들였다
내가 도시 저쪽에서 무수히 보아 온
해후와 동행, 칠갑산
칠갑산만 들으면 나는 목이 메어온다

나 외포리에 와 오래 숨겨 두었던
외로움을 느낀다

이제야 추젓처럼 사는 외포리 날씨를

절이려 한다

연탄 나누기

까맣게 무겁기만 하던 마음이
자신을 불태우고 나서야 하얗게 가벼워집니다
차갑기만 하던 내 마음이 뜨겁게 불타오르고 나서야
춥기만 하던 당신의 마음이 따뜻하게 녹았습니다
가난한 내가 가난한 당신을 사랑했기에
우리는 서로 타오를 수 있었을까요
목련꽃 핀 주택가 변두리를 산책하다가
누군가의 집으로 배달되고 있는
리어카 연탄을 보고야 우리는 알았습니다
세상 사람들은 옛날 아궁이 속에서만
재가 되는 것이 아니라
지금도 검은 부피에 얹혀 나누어지고 있다는 사실을,

고비고개*에 대한 몇 가지 고백 1

이곳의 꽃들은 산을 넘기 위해 서툰 사월을 빌린다
내 푸른 눈썹을 간질이던 초경 때부터의 황사와
과학실의 실험 재료가 되기엔 너무 아까웠던
어느 남학생의 눈빛을 빌려 산을 넘는다
그러나 그 시절의 고비고개도 나에게
늘 있었던 것은 아니다
주말에만 고비고개는 나를 피웠다 지게 했다

*고비고개─강화군에서 내가면으로 넘어가는 고개

고비고개에 대한 몇 가지 고백 2

내가 연애편지를 읽고 있을 때
고비고개는 시멘트로 덮이고 있었다
오랜만에 돌아와 보니 그들은 대부분
콘크리트 업자가 되어 있었다
나는 동해를 보기 전에 말라붙은 고비고개를 보았다
그리고 그날 아침의 숙취는 토마토로 달랬다

고비고개에 대한 몇 가지 고백 3

나이 오십이 되어 고비고개 올라와
4月의 발치로 내려다보니
진달래, 철쭉 옛날 것들이 피어 있는
아! 눈에 쨍을 만들고서야 나타나는
더 붉은 흔적 하나
내 소녀 때의 초경이 진달래 군락 옆에서
오롯이 피어 있음을,
숨이 턱까지 차오르다
사십의 열망 속으로 조용한 하산을 한다
꽃들이 많아도 초경보다 더 아름다웠던
시절은 없었구나

외포리선주내림굿*

자! 선주 신명 내려온다
오월 바람 만선 깃발 꽂고 새우젓 밴댕이 풀러
만선 신장 내려온다
재 너머 인당수 물에 고기밥 된 만석이 한 풀러
선주 신장 신명 탄다
삼월 추위 아직 끝나지 않은 외포리 포구가
만신공수에 들뜨고
삼일 동안 내 안의 한도
결 곱게 풀리기 시작한다
구경꾼들 치성 자리를 뜨지 못한 채 어울렁 더울렁
뉘엿거리고
초파일 윗동네 절간에서 부친 불심을 풀어내는지
노파들의 손기도가 매끄러워지는,
지난 가을 나는 이곳에서 새우젓 축제를 만났었지
가을 단풍과 붉은 추억들이 저녁의 파도 위로
사뿐 새겨지는 걸 야광 같은 호흡으로 지켜보았지
축제는 가고 한풀이만 남은 외포리 삼월 인파가
만선을 받아 내려는 봄날의 소원으로 들끓는 한때,

자! 선주 신명 내려온다

*외포리선주내림굿─강화도 외포리에서 2~3년에 한번씩 열리는 곳창굿

황청포구 1

햇살이 맑은 날 은빛 반짝이는 바다를
바라보고 있노라면
나도 파도가 되어 한가로이 노닐게 됩니다
눈이 시리도록 바라보고 있어도
지루하지 않은 바다
호수 같은 바다를 바라보고 있노라면
내가 이 자리에 있음이 꿈처럼 느껴집니다
수평선 너머 붉은 태양은 쉴 곳 찾아 떠나고
바다 건너 석모도에서는
아련한 그리움처럼 저녁 연기 피어오르고 있습니다
고향이 좋은 것은 추억할 수 있는 잔고가 많이
쌓여 있기 때문이 아닐까요
세월 속에서 퇴색된 추억들을
오늘 황청 바다에 그리움으로 풀어 놓았습니다

황청포구 2

강화도 황청포구에는 길 잃은 바다만 들어와 있다
진짜 바다로 나가려면 어느 쪽으로 나가야 할까
무릎이 물 들은 바다에게
서해로 가는 길을 물어보고 싶지만
바다로 나가려는 무모함보다는
새로 뽑은 소나타를 몰고
미디기 이넌 소읍을 향해 작은 외출을 한다

황청포구 3

이곳은 한가로움이 어울리는 포구다
파도들, 늦게 깬 나는 늘 놓치고 만다
지난 밤 바다가 빠져나갔을 이른 새벽을
놓치고 만 것이다
가끔씩 들르던 해양 경비정도 발이 없으니
들어올 수 없다
갈매기들만이 오전의 햇살을 바삐 실어 나르느라
분주하고,
왜 일까 속이 쓰린 아침마다
이 포구에 썰물이 드는 까닭은
주말이 빠져나간 몇 개의 발자국들을 헤아리다가
문득 떠올려본다
저 흔적들이 얼마 동안의 바다를 기억 저쪽으로
밀쳐놓고 있었음을
내 새벽녘 꿈이 이곳의 바다를 저 먼 쪽으로
떠밀었을 것임을
황청리 하루가 하품들 몇 뼘 앞에 세워두고서
폐교 풀 덮인 운동장 쪽으로 종적을 감춘다

황청포구 4

황청리에 와서 느꼈다
뭍에 버린 추억은 썩지만 바다에 불러들인 용서는
썩지 않는다는 것을,
갈매기들도 바다에 와서는 썩지 않는다고 했다
한때 소금창고라는 카페를 들를 때기 있었다
그곳의 연극들은 다 싸기만 했다
어두운 복도와 무질서한 눈빛들
고도를 기다리는 일로 도시를 허비할 때가 있었고
나는 가끔씩 내 재래적인 삶을 숨기기 위해
가을과 김장철을 빌릴 때가 있었나
연극들은 겨우내 발효되지 않았고
포스터들 새로 개통된 지하철,
그런 것들을 떠올리다가 내 자궁의 건강이 퍼뜩,
겨울 눈들에게 망각을 던져주었지만
봄은 자궁외임신처럼 쉽사리 오지 않았다
황청리,
이런 것들이 다 나의 세상이었을까
오전 내 마신 종이컵 하나 꺼내들고 가

막 빠져나가기 시작하는 썰물을 붙들어
도시에서의 삶을 떠내어 본다

황청포구 5

지난밤 달이 더디 빠져나가는 때문인지
이곳의 바람은 잠투정이 심하다
한낮이 되어도 뭍으로 올라오려 하지 않고
파도들의 주름만 더듬고 있다
어쩌다가 잘못 늘른 배도 이곳에시의 시간이 시늘한지
바깥에서의 피곤을 녹이느라 미동도 않는다
황청리 바다는 그리하여 피곤한 것들의 풀밭이다
말뚝히나 보이지 않는데 조금도 먼 곳으로
길을 잃지 않는다
황청포구의 바다는 초식의 파도들이 하루종일 빙목된디
누가 풀어 놓았는지는 몰라도,
밤이 되면 황청포구는 공중에 달 하나 붙들고서
낮 동안 찌든 졸음들을 하나하나 헹궈낸다
방금 걸어 나온 가까운 집들의 형광 불빛을
푸성귀처럼 씻어내며
등대가 보이지 않는 날들의 물결들
이제야 겨우 먼바다에서의 노동에 눈을 뜨고
초저녁 배들을 천천히 다독여 준다

황청리 바다,
이곳의 밤은 개 한 마리의 경계심에도
파도들이 샅샅이 흩어진다.

황청포구 6
— 밤

황청포구의 밤은 바다가 귀가한 뒤부터 시작된다
섬에 햇빛 허물을 벗어 놓고서야 오랜 휴식에 든다
밤이 찾아오면 뻘은 정지한다
밤마다 바람은 바다 속에서도 부는지
한낮에 날리지 못한 몇 줌 파도를 말리려
이곳에 들른다
그런데도 파도는 출렁이고 몇 개의 집들이
수런거리는 까닭은 왜일까
술 취한 기척 한 둘 한낮의 나른함을 이끌고 걸어와
메마른 바다를 방뇨도 적시곤 비칙 사라긴다
가끔,
멀어지는 걸음들엔 그리움의 야광이 묻어 있다
조용하던 불빛들이 한낮의 푸르름을 이슬 몇 모금으로
담아내고 멀찍이 떨어져 있다
이야기들 몇 먼 바다의 체온이라도 짚어내는지
지상의 여린 파도 한 줌 떠낸다
나는 멈춰 선 시간과 마주앉아 미루고 있던 술을
흘려 넣기 시작하고

황청포구의 또 다른 하루가 시작되기까지
내 안의 독백들이 등대가 된다
밤이 깊어지자 이웃 동네로 마실 갔던 초저녁 하나
손전등을 밀면서 우리 동네로 들어온다

황청포구 7

바다가 하늘거리기 좋을 만큼
풀들이 자랐습니다
내가 내 안의 웃자란 일상만 갖고도
그대를 잊기에 좋을 만큼 깊어졌습니다
언젠가 해일처럼 넘이을 그대,
오늘 하루의 햇살도 꼭 그렇게
내 안의 좁은 요일 속을 들렀다 갔습니다

불면이 하늘거리기 좋을 만큼 초저녁 공상이
무성하게 자라고 있습니다
뜨개질 뭉치를 줄이는 일은 그리움의 무게를
줄이는 일일까요
그러나 겨울은 길 것이고
다시 그리움을 풀어 하나의 추억으로
되감아 놓을 봄은 손끝마다 졸음으로 뒤엉키겠지요

황청포구 8

― 바람

이곳의 바람은 변덕쟁이다
너무 일찍 귀여워했거나 너무 늦게
후회할 때가 많다
소나무들이 조심스레 내놓던 잎들의
일부가 확 휘어지고
지난봄에도 평온했던 바다로부터 바람 하나
탈옥수처럼 뛰쳐나온 적 있다
몇 채의 집이 두려움에 떨었고
오가는 발걸음 순식간에 두절되었다
모두가 다 바람의 소행이다
바퀴들의 행방이 뭍 쪽으로 확 굴절되었고
미리 예약되었던 주말 한때의 기대가 수포로 돌아갔다
모두가 다 바람난 바다 탓이다
어둠이 내 집 마당으로 떠밀려왔고
집 안에 있어야 할 휴식 몇 줌이 순식간
이웃집 정원에서 발견되었다
모두가 다 내 지난밤 악몽 때문이었다
어느 한 순간 조용하던 바다가 황청리,

내 집 앞으로 성난 바람 몇 줌 내뱉었다

황청포구 9
― 물꽃

어머니는 어디에나 꽃을 피운다
햇살이 물결을 어루만지자
파도들 파문을 일으키는 초가을 오후
어머니는 내가 나의 오전을 근심으로 바라보고 있던
바다를 향해 문득 입을 여신다
저게 물꽃이라고,

오전 한때 태양이 파도의 댓돌 위에 햇살을
벗어놓고서 들어간 듯한 그곳에 남아 있는
아련한 그림자
어머니는 그것마저도 놓치지 않고서
꽃을 피우고 계셨다

황청포구 10

참 이상도 하지
모든 새들이 왼쪽으로 돌 때마다
소금들의 소인이 찍힌다
엽서들은 부메랑 같다
세상의 어떠한 납신이 추신보다 효라하겠는가
나는 가끔씩 포구의 한켠에서 소금처럼 굳어가며
도시 저쪽을 서걱거릴 때가 있다
혼자서는 다 말릴 수 없는 사연들의 깊이가
추억의 뼐 하나 찾아내기 위해 하루의 해를 증발시키는,
참 이상도 하지
모든 새들은 왼쪽으로 돌 때마다
아스피린 냄새가 났고
그건 아마도 내 지난밤 신열이 빚어냈던
딱딱한 알약 크기의 추억이었음을,
이상한 것이야말로 참 이상도하지
그렇다면 내가 본 것은 물 위의 새가 아니라
낯선 내 공상의 비상이 아니었을까
그날의 바다는 그렇게 작고 낯선 소인 하나 찍은 채

낡은 포구를 나에게 떨궈 주었고 나는,

황청포구 11
― 증거

바다는 바람의 지도를 그린다
조난의 약도와 밀물과 썰물이 교역하는
약속된 시간도 그린다

나는,
바다에게 발목을 잡히시는 못하지만
내 가슴이 잡히기는 일쑤다
비다는 그리하여 내 아킬레스건에
이르는 길을 알고 있다
이젠 너무 오래 기다려 발목까지 서린
내 그리움의 안쪽까지 환히 읽히고 있는 것이다
그리고
그 비밀스런 증거가 황청포구엔 있다

황청포구 12
― 뻘

이곳에 바다가 들어서면 작은 형무소가 된다
하늘에 흩어져 있던 갈매기들도
점점 체적을 좁힌다
연인들 사랑의 사연들도
서로 체적을 좁힌다
저녁이 오기 전
끝내 바다에 묻히고 마는 뻘 안의 하루
오늘 저녁엔 문 닫는 소리가 유난히 크다

황청포구 13

— 노동

오늘은 오후의 수면이 낱낱이
살결을 지우고
바다가 태양 하나 옮기고 있다
등짐 나르듯 뻑뻑한 힘으로
9월의 태양을 옮기고 있다
바다의 짐 일,
그것 참 가슴 아픈 일이다

황청포구 14

― 낚시

사내들 몇 바다가 집어 삼키기 좋을
미혹을 던져 넣고 있다
도시 저쪽에서 가져온 환약처럼 단단한 추억들을
이곳저곳 물렁한 곳에다 던져 넣고 있다
좀처럼 끌려 나오지 않는 여자를
그들은 몇 시간이고 기다린다

황청포구 15

― 2008. 4. 25 일기

바람이 몹시 사납다, 옆집 유리창이 바람에 항복하고
슈퍼집 커피 자판기가 옆으로 누워버렸다
새우젓 드럼통은 이리저리 날며 춤을 추고
이런 바람, 이곳에 오래 살아온 사람들도 처음이란다
사나운 바람 때문인지
파도들의 신음소리가 요란하다
물고기들의 길이 몹시 뒤엉킨 모양이다
이런 날 내 안에도 바람이 들어온다
육체의 빗장은 잠갔지만
불안의 빗장은 바람 앞에 무용지물이다
오늘 같은 밤은 사나운 바람보다
먼저 잠들 수 없을 것 같다

2부

국화

한 송이 국화꽃을 피우기 위해선
서정주를 잊어야 한다
무서리 천둥 소쩍새 먹구름을 교과서 밖으로
밀쳐내야 한다
내 학창 시절의 교과서는 베껴쓰기였다
그 속에서 국화도 벗겨졌고
문단 나누기도 벗겨졌고
내 십대 후반의 연애편지도 교장실에서 벗겨졌다
한 송이 국화꽃을 피우기 위해선,

나 안다
가을과 내 실연의 일조량과
마당 끝 불안한 오후만 있으면 됨을,

바깥 마당으로 나가 오래전의 교과서
하나를 꺾어온다

노을

손톱만큼 남은 노을이 벌의 꽁무니를 붙들고 있다
구월의 한복판이 궁금한지 해바라기
자꾸만 덜 여문 옹알이를 하고
그 속에선 한낮의 오두막들도
칠흑같은 추억에 불과하다
코스모스 지금 너의 이름은 과거의 절망이었을지 몰라
시월의 봉숭아 아직 미루어 두어야 할 그리움들이
남이서였을까
손톱만큼 남은 태양의 일정을 붙들고 더는 갈 수 없는,

저녁노을만이 아무 기억도 못하는지
어스름의 어귀로 노릇노릇 모여들고 있을 뿐,

갈대 1

낮은 곳의 바람을 이끌어내기 위해
더 낮은 곳의 휘어짐
물들이 빠져나간 기억의 한컨에서
늦가을 갈대들 몇 고단한 허리를 익히고 있다
갈대는 얼마나 지혜로운가
갈대는 더 낮은 곳의 말씀을 듣기 위해 몸을 낮춘다
눕지 못하는 것은 울지도 못하는 것
오늘도 나는 더 낮은 곳의 말씀을 듣기위해
몇 번이고 웃자라기만 하는 오만을
굽히고 낮췄다

갈대 2

더 낮은 곳의 말씀을 이끌어내기 위해
더 거센 바람을 붙든다
더 큼지막하고 더 머나먼,
바람과 바람이 오래전 헤어졌다
다시 소식을 만나는 듯한
그 오래된 사연의 무게까지 끌어당긴다
지난 한때 물에 잠겨 알아들을 수 없었던
뿌리 근처 말씀을 듣기 위해
곧은 질서를 허무는 저 고단한 몸짓
붉은 노을이 고이고 망각의 발목 깊이
어둠이 저려올 때까지
갈대들 낮고 조용한 힘으로 더 큰 바람을 붙잡으려
온 힘을 말린다

내 그리움의 안쪽에도 평생 바람을 안고
살아야 하는 세월의 무리들이 있다

시간의 씨앗

눈썹 끝까지 봄이 다가왔다
농부들은 논두렁에 불을 태우며
어둠 속에서의 긴 관습에서 벗어나기 시작하고
어떤 바람들은 햇살 몇 줌에도
지팡이처럼 구부러지곤 했다
건조한 꽃밭을 정리하다 알게 되었다
겨우내 몸속을 갉아 먹던 기침의 대궁들
또 다른 봄을 낚기 위한 중얼거림이었음을,
거실 안,
오래 세워 두었던 벽시계를 꺼내어
심장 깊이 시간의 씨앗을 갈아 끼운다

3. 19

월동을 통과한 텃밭을 다독였습니다
침묵의 날들을 헤쳐나온 햇살들과
푸른 눈의 씨앗들을 펼쳐보았습니다
한겨울 내 가슴속 무료함과 말벗이 되어주던
모국어 사전노 이센 뒷밭의 농경에게
페이지를 넘겨주려 합니다
옹기종기 새싹들이 돋아나겠지요
보드랍게 돋아나는 잎의 감촉들을 보면 알게 되겠지요
그것들
지난 가을 갈무리해 눈
내 마음속 목록들이었음을,
꺼내어 놓은 삽과 호미의 녹슨 날들을
봄바람에 씻어냈습니다

찔레꽃 1

찔레꽃이 피었습니다
햇살 눈치 보는 그늘진 골짜기,
향기는 햇살 저쪽에 살짝 벗어 놓고서
그리움이 피었습니다
찔레꽃 흰 시절은 짧습니다
내 사춘기 시절도 짧았습니다
그 시절 내가 가슴속에
알 수 없는 교과서라도 뒤적거렸듯,
지금 저 찔레꽃도 제 안의 흰 내막이라도 뒤적이는지
도통 고개를 돌리지 않습니다
그러나 찔레꽃과 나는 가슴속에 상처를 남기지 않습니다
바람 속으로 그리움이 곪을 무렵
바람 속에서 찔레꽃이 수줍음을 꾸리고 있습니다
향기도 제 몸에 걸치지 못한 채

찔레꽃 2

5월을 비집고 찔레꽃이 피었습니다
한껏 물오른 그리움들이 가파른 곳으로 몰려와
하얀 고백을 부려 놓은 것입니다
내 사춘기 가시들은 기억하고 있을까요
나에게 다가와 몽글 맺히던 중학생 소년의 여드름과
몇 날 며칠의 신열들
5월을 비집고 찔레꽃이 피었습니다
그리움의 늑골이 하얀 진땀을 흘리기 시작하고
가까이 다가온 소년 하나 더는 알아들을 수 없는
휘파람을 불며 기억의 가상자리 저 너머로 사라집니다

5월을 비집고 어느 산모퉁이에 이르러
오래전 내가 피었습니다

꽃의 물리학

꽃은 지렛대다
봄을 들어 올리고 내 어질머리를 들어 올리고
겨우내 무뎌졌던 내 칩거의 날들을 들어 올린다
가벼운 신열을 녹여줄 약국으로 가는 길을 들어 올리고
실핏줄마다 그리움에 등잔을 밝혀줄
오랜 세월 속 기억의 뇌리도 들어 올린다
꽃은 부메랑이다
내가 던졌던 계절들 결별들이 다시
푸른 성호를 긋듯 가슴의 위치로 되돌아오고
아! 꽃으로부터 시작해서 꽃의 무게로 깨어난
누수한 진통의 희열들
그리하여 꽃이 하나의 이름으로 무수한 망각을 깨우고
망각 속의 외마디 사랑을 깨우고
끝내 감추어 두었던 겨울 바다까지 깨우는 동안
나는 꽃이 되는 길을 잊은 채 현기증에 박히고
무수한 칩거에 박히어
해마다 약국이 있는 마을을 벗어나지 못하는 걸까
꽃은, 꽃이다

어느 꽃의 나든 또 어떤 기쁨의 슬픔이든 지렛대가 되고
그 부메랑이 되어 다시 돌아오는 이 오래된 몸짓
나는 조용히 가혹한 은총에게 다가가듯 낡은 걸음을 옮겨
4월의 꽃들을 불러낸다

봄소식

얼마나 바빴을까
작은 몸짓으로 봄소식 전하기 위해
우주를 들어 올리며 달려오느라고,
꽃다지 민들레 제비꽃 너도바람꽃
숨 가쁘게 달려나와 낮은 곳의 신열과
오솔길을 밝히고 있다
부지런한 바람에 밟히지 않으려
호롱불 켜고 길을 밝혀주는 작은 외출들
얼마나 바빴을까
겸손하고 낮은 곳의 꽃들
밤이 오고 평온이 와도 저물지 못한다

꽃을 우리다

진달래 민들레 제비꽃 벚꽃을 훔쳤다
달콤한 사랑에 푹 빠진 진달래꽃 벚꽃
찌고 말리는 동안 생의 열망들이 탈색되는 건
잠깐이었다
도대체 바람들은 어디에 숨어 있는걸까
내 산책을 훔쳐보던 그 낮은 기척들과
온 밤을 훔쳤을 상념들,
잔을 흔들어 밑바닥을 살펴도
찌꺼기조차 없다
봄날이란 이런 것일까
옛사랑을 가슴속에서만 우려내려 했던
내 오랜 과거도 이런 것이었을까
추억을 채취하기 위해 가슴속을 헤쳐보지만
그 어디에도 바람의 흔적들은 남아 있지 않다

해가 지지 않는 나물 캐기

나는 여러 종류의 나물 캐기를 알지만
나물을 캐다 보면 고향의 가장 깊은 곳까지
들어가게 된다
내가 아는 귀향길 중에 그보다 더 향기로운 길이
어디 있겠는가
봄의 한때를 편승해서 고향과 만나는 일
황청포구엔 바로 그 길이 있다
나는 내 나물 길을 방해하는 남자와는 더 이상
살지 않기로 했다
그리하여 자연 도감 속의 내 봄 길을 그대로 소중하게
생각해 주는 아이들과 오상리 근처에 와서 산다
아지랑이 피어오르는 오후 한때의 저쪽에서
늙은 어머니가 냉잇국을 끓여놓고 기다리고 있는,
그런 어머니한테서 냉잇국처럼 향긋한 냄새가 난다

나는 행복합니다

잡풀이 무성한 마당 앞 공터를 닦는다
큰아이 세수한 얼굴처럼 환하게 벗겨낸다
여기저기 미아 같던 꽃모종들을
모두 한자리에 불러 앉힌다
물을 주는 것은 그늘을 흘려주는 것일까
그러나 마당을 들렀다 가는 태양이 짓궂다
어느 날엔 제 터를 주장하며 들녘 저쪽
시샘들이 그 겹을 비집는다

손바닥엔 물집이 고이고
이마엔 땀이 고이지만
입가엔 미소가 고인다
아직 몽우리도 잡지 못했는데 벌써 가을이 보인다
농부의 마음속처럼 마당이 훤해진다
아직 가을을 말리지도 않았는데
예감 속 봉투 속엔 꽃씨 몇 알 잡힌다

이 땅의 그리움
— 들국화

늦가을 쓸쓸할 때 가을 숲을 걸어보라
별들은 하늘에만 떠 있는 것이 아니다
가을 숲길 어스름 골짜기엔
별보다 더 초롱한 구절초 쑥부쟁이 감국 향기들
반짝거린다
이 땅의 숲길에 접어들면
낮은 데서 흔들리던 젖은 별들이 알알이 맺히는
바람의 전언을 들을 수 있다
누가 그 오래된 추억에 귀를 적시지 않겠는가
우리들 가슴속엔 바로
그 오래된 오솔길의 가을 꽃들이 오롯이 피어 있다

내 존재의 금기

내 존재의 금기는 어디에서 해가 뜨고 져야 하는가
내 손금은 아직도 내가 망가뜨려야 할
사랑의 행방을 찾아내지 못했다
그러나 공중의 태양은 나의 외출을 더는
자유롭게 풀어주지 않고
잎새들을 빠져나온 뱀들은 뜨겁디
모든 지식과 운명들은 왜 무릎 사이에서
육체로 돌변했던가
그날도 나는 시내 번화가가 아닌 뒷골목의
2월의 상점에 들러
며칠의 햇살과 텃밭을 일굴 씨앗들을 사 들고
황청포구로 돌아오고 말았다

솟대 1

황청포구 입구에는 솟대들이 자라고 있다
기다림이 자라고 있으며
희망이 자라고 있다
자코메티*의 긴 조형물 같은 그 위로
저녁노을 하나 긴 졸음의 날개를 접는 건
날마다 같은 풍경은 아니다

*자코메티―화가의 이름

솟대 2

내 그리움에 주파수를 맞추고 있는 안테나
황청포구 솟대들 중 하나는,

장마

뒤뜰에 장마가 고여 들기 시작하자
맹꽁이들이 고여 들기 시작하고
합창소리가 고여 들기 시작하고
밤도 고여 들고,
맹꽁아
어디 약국 하나 빌려다 줄 것도 아니면서
내 이마에 고여 든
이 불면은 어찌하라고,

겨울 바다 이야기

이곳의 이야기는 까마득하다
물 저쪽에서 끝냈어야 할 사연들이 목을 축이려는 듯
해안선 가까이까지 다가간다
쉽사리 녹아들지 않는 파도들의 체적,
누군가는 못다 힌 사연의 깊이라도 더듬어보듯
몇 걸음 더 작아지고
누군가는 녹일 수 없는 비밀들의 깊이라도 재어보듯
바다의 경계선 그 안쪽까지 넘어간다
아주 먼 시간들의 안쪽에서부터 온 이야기들도
행선지를 바꾸고
몇 개의 공복을 오후의 짧은 해와 맞바꾸면서
그렇게 걸어온 사연들이다
외딴 철새 몇 마리 갈숲에 내뱉어져
기억의 한 끝으로 흩뜨려지는 걸
서걱거리는 체온으로 넘겨다본다
또 한 무리의 이야기들이 이곳을 떠날 것이고
또 한 무리는 이 쓸쓸한 침묵의 안쪽까지
넘겨다볼 것이다

못 論

못은 자고로 자주 박아줘야 한다
여름에 마이동풍이 와서 박아줘야 하고
겨울엔 북풍한설이 와서 박아줘야 한다
그런 못을 누가 본 적이 있는가
사소한 손님이 와서는 며칠 박혀 있다가
아무런 각오도 없이 개울 건너 봄을 뽑아내기라도 할듯
슬몃 사라지기도 하는,
그런 못을 누가 본 적이 있는가

못은 자주 박아야 한다
여름엔 눅눅한 저녁의 그리움이
푸른 망치질을 하고
겨울엔
어딘지 모를 산맥이라도 연모하듯 흘러와
눈 밝은 소경처럼 쿵쿵 박아줄 그런 망치질 하나,
그리움은 자고로
침침한 초저녁의 가슴에 박아야 한다

어느 늙은 비현실에 대하여

애시당초 나는 오래된 옛길을 걷는
습관 속에 피었다 져야만 합니다
그러나 세상은 나에게 끝까지 보라 합니다
오늘도 나는 몇 개의 댓돌과
허물어지지 않는 인사를 나누었습니다
경중경중 사서오경을 밟고 온듯한 이 체통 속에서
먹강아지 발자국 찍히는 것을
나는 몇 줌의 가래로 막았습니다

3부

지천명

흔들려야 할 나이가 좀처럼 미동도 않는다
이젠 아예 당나귀처럼 반대로 가려 한다
내 일찍이 청노새 한 마리 세월 저쪽에서
잃어버린 걸 기억하고 있다
더는 팔짱 끼고 야심한 풀밭을 헤맬 기력도 없다
지금은 중성으로 퇴화해 버린 내 안의 여자
그렇다면 나는 청노새 한 마리와 지천명을 바꾸어
끌고 왔단 말인가

흔들려야 할 가슴이 미동도 않는다
바닷가로 이사를 와 썰물과 밀물에게
내 가슴을 맡겨도 꿈쩍도 않는다
내 지난밤 꿈이 미약해서였는지
오늘의 바다는 풍랑이 심하다
그럴수록 더 잔잔해지는 내 안의 여자,
뜨개질 속으로 숨어버리는 내 안 망각의 기질 하나와
오후를 보낸다
가슴이기를 포기한 나

나머지 세월은 무엇으로 끌고 갈 수 있을까

외로움

나는 가끔씩 눈물을 흘릴 때가 있다
사람이 그리울 때는,
그리하여 내 안의 눈물은 그리움의 고향이다
가끔씩은 그리움이 그리울 때가 있다
봄은 더디 오고 바다 속의 날들은 흐리고 희미한 날
하루종일 사람들의 얼굴은 떠오르지 않고
그리움만이, 그리움 한둘만이
집 앞을 스친 것 같기도 한 날이면
가끔은 그리움이 그리울 때가 있다
가끔씩은 사람이 그리워 외로움을 초대할 때가 있다
겨울바람은 절벽에서 서성이고
가슴속을 헤쳐 봐도 온기 몇 잡히지 않는 밤
가슴이 따스한 사람을 그리워하기 위해
외로움을 초대할 때가 있다
가끔씩, 가끔씩은,

가을 달력

달력을 넘기자 숨어 있던 구월 속의 가을이
창밖으로 달아난다
지난여름 더위 속에서 무심코 놓쳐버린 한숨들이
이 속에 숨어 있었구나
뿐이겠는가,
열사의 나날 속에서 놓지고 지나간 휴일들과 약속들,
한여름 밤의 꿈들이 몽롱한 착각을
물엿처럼 부어 넣어주던
구월의 날짜 속에서 은닉하고 있었음을,

구월의 달력을 넘기다가 나는 알게 되었다
몇몇 마음 급한 요일들은 시월을 빠져나와
구월의 한켠 하순쯤으로 고개를 빼고 있었음을,

혼자 먹는 밥

누군가 점심 같이 먹자고 전화해 줄 것 같아 기다리다가
늦은 점심 혼자 먹을라치면
먹기 위해 기다리는 건지 살기 위해 기다리는 건지,
이젠 아예 전화기까지 고개를 빼고 있다
젠장할 그러나 나는 약속을 먹으려 했음이지
밥을 빌리려고 했었던 것은 아니다
콜럼비스가 과연 신대륙이 필요해서 낡은 돛을 올렸을까
그가 꿈꾼 건 새로운 대륙과의 점심 한 끼였는지도 모른다
누군가 점심 제의가 있을 것 같아 1시를 넘기고
텅 비어지는 위장의 궁벽한 한끝까지 고개를 뺀다
두 시,
지난밤 포기하지 못한 건조한 반찬들 몇
식탁으로 옮긴다

서랍

과거를 정리했습니다
층층의 세월
평소 꺼낼 일 없는 날들의 풍경들을 뒤적거렸습니다
나를 잊고서 내 안의 더 깊은 곳에
웅크렸던 우수한 이름들
한 번도 필기에 관여하지 못한 신물 받은 만년필
외출의 뒤란으로 밀려버린 몇 개의 장신구들,
이젠 가는귀가 먹은 귀걸이의 유기 잃은 사연까지도
먼지를 털면서 고개를 듭니다
아,
그러나 왜 보이지 않을까요

이 안에 바로 그가 있었는데 보이질 않습니다
또 다시 버렸을 리는 없을,
심장의 한켠에 파도소리가 있었고
파도처럼 격렬했던 이별의 말들을 담느라
힘겹게 피사체로 남겨진 사진 한 장이 보이질 않습니다
세상엔 정리해서는 안 될 과거들이 있나 봅니다

생生과 사死

친구 부친 장례식 가는 길
또 다른 친구는 아들 결혼을 알려온다
쯧,
입 안의 침이 분말로 변하는 듯한 한순간에도
슬픔과 기쁨은 혀의 안과 밖에서 그리도
다른 체온을 녹이는 것일까
그러고 보면 생과 사도 우리 혀의 뿌리 하나를
걷어내지 못하는 일임을,
어정쩡하게 고여 있던 입 안의 사연들을 움푹 삼킨다
한류와 난류는 바다 속에만 있는 것이 아니다
우리 혀에 고이는 무수한 낭패감
그 안과 밖에도 찬 소식과 따스한 이야기들이
서로 다투고 있는 것이다

바다 시편
— 참이슬

바다는 물방울이다

오늘 밤

얼마나 급했으면 바다가

참이슬 가파른 벽에 매달렸겠는가

쉰, 세일에 들어가다

이제는 추억을 세일해야 한다
아끼던 날들 함구해 온 이름들이 흐릿한 주점의
잡담 속에서 쉽사리 팔려나가고
누군가의 경솔한 평가 앞에서도 서풋 내놓지 않았던
스무 살 무렵의 자존심과 서른 즈음의 편력들이
팔려나가기 시작했다
언제부터인가 추억을 팔아넘기는 날들이 많아졌다
무모한 표정들 앞 서툴고 느끼한 지갑의 호의 앞에서
나와 동의하지도 않은 이야기들을 풀어낼 때가 있다
그런 사연이 있었느냐고,
당신의 추억도 제법 중독적이었다고
손쉬운 화답에 얹혀져 깊고 공허한 심야의
제물로 거래되곤 했다
거래란 나이 들수록 더 질겨지기 마련이다
잘 씹히지 않는,
너무 지나치게 구워 잘 씹히지 않는 고기 덩어리 같다
차츰 이가 흔들리기 시작하고
쉰,

추억이 세일에 들어간 것이다

대한민국은 세일 중

한 장 남은 달력이 가볍습니다
백화점이 덤핑에 들어갔으며
거리의 적선들도 구세군 냄비 앞에서
세일에 들어갔습니다
죽음들도 서둘러 세일에 들어갔으며
예식장 새출발도 한바탕 세일 중입니다
그뿐만이 아닙니다
값싼 인물론에 2012년 대선의 민심도
세일에 들어간 것은 아닌지,
오지 않는 잠을 달래려 유선 채널을
몇 개의 공약 속으로 눌러 봅니다

안개에 갇히다

사우나를 나오자 바깥 세상은 더 오리무중이다
자동차 문을 열자 훅 안개가 먼저 차 안을 차지하고
호흡을 가다듬자 안개는 술보다 더 빠르게
식도를 타고 넘어간다
안개를 마신 나는 안개 속에서 길을 헤맸다
안개를 온 몸에 감싼 신호등은 누렇게 들떠 있고
어쩌다 스치는 자동차들도 두 눈만 깜빡거리며
다가왔다 안개 속으로 사라졌다
안개 빛깔을 닮은 고양이 한 마리
길 위에 붉은 카펫을 깔고 누워 있고
이런 날 밖으로 나돌아다니는 것은 자살행위다

나 이십 분이면 빠져나올 수 있는 안개 속을
오십 년이 흘러서야 따돌릴 수 있었다

갈매기 연서

햇살들의 일정이 풀리자
피어나는 것은 꽃들만이 아니다
황천포구의 햇살들이 바다를 이끌고 나가자
갯벌에 새겨지는 갈매기들의 연서
때론 소설처럼
때론 시처럼
문득 짓궂은 밀물 갈매기들의
연서를 지우고,

표류된 오월

포구의 일정이 바빠졌다
바람 몇 줌에도 파도를 걷어내던 오월 바다가
산란기를 맞아 좁은 갯벌에 신방을 꾸민다
제 몫의 비린 허기를 달래려 갈매기들을 불러 모아
아! 포구가 남사스러워진 것이다
몸집이 작은 생이갈매기와
충혈된 숫갈매기가 허공을 어지럽히고
하루 한때 드나드는 좁은 뻘이 후끈 달아오르기 시작한다
나는 바빠지고 바다는 흐려진다
어느덧 바다는 소녈을 끝낸 기억 저 너머로 사라지고
오월의 갈매기가 포구에 바다를 낳은 것이다

주정

어젯밤 주정들이 오전 세면대에
거품들과 섞여 나왔다
얼마나 많은 추억들이 제 몫의 안주를 챙겼길래,
무지개 빛깔이다
세면대 안 하얀 거품들과 섞여 떠 있거나
가라앉은 주정들을 내려다보다가
문득 떠오른 장면 하나
초등학교 동창생이 내게 던진 충고는 독했다
"너는 나이를 먹었으면 철이 들어야지"
현기증 같은,
기억이 희미해진 한켠에 있던
그 말은 분명 술보다 독했다
평소 한 번도 독해 보이지 않았던 입에서
나온 독설이라 그럴까
술이 흔들리기 시작했고
추억들이 흔들리기 시작한 건 한순간이었다
철이 든다는 것은 마음을 비운다는 것,
질기게 버텨왔던 것들이 무너질 때의 멀미

혹시 이 친구가 천적은 아니었을까
내가 나한테만 독해지는 사이
세월 한켠에서 웅크리고
나의 낱낱들을 제 분신인양 바라보고 있었을 눈
잊고 있었구나
가끔씩은 내 안의 소금을
바깥으로도 뿌렸어야 했음을,

맹꽁이

꽉 막힌 빗줄기 한복판,
뒤꼍 담장 안에서 맹꽁이들이 부산하다
어둠이 질척한 밖으로 목을 빼고서
밤새 장마를 호명한다
가끔씩 점멸되는 형광의 불면과 불면 사이
냉장고 문이 열렸다 닫히고 나는 놀란다
울음들은 냉장고 안에 갇히면 며칠 못 가
부패될 것을 깜빡,
아! 맹꽁이들의 귀야말로 얼마나 이기적인가
장마를 울리고 내 집 냉장고 속의 신선도를 울리고
내 가슴까지 깃들어서는 진흙들을 후 지르기도 하며
제 안엔 울음 한 방울 들여놓지 않는,
해마다 이맘때면
나는 맹꽁이들과 함께 울음의 계절을 보낸다
빗줄기를 녹이며 귓속 균형감각의 안쪽까지
처들어온 저 이명들
가끔씩 고개를 뺀 전화통화가
일본어처럼 받침이 떨어져 나가고

며칠 동안의 외출이 무지개 핀 약국 길과

몇 알의 멀미약으로 제한된다

미로 속의 날들

이곳의 달력은 작년 여름의
기억 속에 머물러 있습니다
아직도 지워지지 못한 팔뚝의
바늘 자국에서 멈추어 있습니다
내가 돌보지 못해 버려진 꽃들도
그러나 황청포구가 내 부재의 날들 속에서
완전히 말라붙었던 것은 아닙니다
새벽의 링거 속에서 황청포구는
한 방울 한 방울 잠입했었으니까요
나는 그때 누구도 기억하지 않는
빛나는 황청포구를 보았습니다
몇 걸음의 바다로는 경험할 수 없었던 링거의
미로를 타고 온 후미진 날들 속 황청포구
그런 밤마다 나는 내 안의 회복기를 고쳐 눕히듯
파도들의 한켠
그 포구를 깊이깊이 다독여주곤 했습니다

메주 1

지난가을 메주를 빚었습니다
섣달을 기다리며 푸석거리는 음력의 일정들이
발효를 예약하고
그리움의 요일들을 기다려야 합니다
정월 말날(牛日)을 기다려 발효된
메주를 꺼냈습니다
검고 푸른 곰팡이들이 피어났습니다
그리고 보면 메주들의 저 꽃은
그리움의 열꽃이었나 봅니다

메주 2

가을되어 메주를 빚는다
말날(牛日)을 기다려 단풍 깊어지고
깊은 붉음에 뒷산 겨울이 후후 오솔길을 불며
마을로 내려오는 오후를 골라
발효의 날짜를 뭉친다
늦가을 지내며 갈라지고 으스러지지 말라고
불기짝 치듯이 꾹꾹,
메주란 무엇이던가
우리네 싱거워진 마음의 고샅길을
말갛고 짭짤하게 밝혀주는 힘
이웃과의 사이가 토담처럼 무너져갈 때
초가을 햇살처럼 투덕하게
곧추세워 주는 맛의 뒤안길
메주를 빚는다
때가 되어 간장이 되고
된장 쌈장이 될 내력을 뭉쳐서
북풍 알아보기 좋은 벽을 골라
한겨울 풍습을 매단다

잊어서는 안된다
찬바람에도 푸른 반점처럼 새겨질
아주 오래된 발효의 엉덩짝은 벽에 걸기 전
한 번 더 쳐줘야 한다는,
메주를 빚는다

그믐

떠난 날들 돌아올 길 밝혀주려
동네 어귀 감나무에 빨간 등 하나 걸어 둔,
이곳의 전성기는 독거다
젊은이들 떠나고 농경의 허리가 굽어서야
이곳의 전성기는 퇴촌이다
함구란 초상화가 되어도 슬퍼지지 않는다
모든 전력들은 마을로 오기 전 촛불처럼 꺼불거리는,
그래 지금은 둥지를 벗어나도
또 다른 봄 오지 않는다고 믿는 일
누군가는 국화리를 지나 고비고개를 넘어야 잊혀질
추억이라고 했고 누군가는 황청포구에 나가서야
되돌아서지 못할 먼 시절이라고 하는,
그래 이곳에서는 어떠한 햇살도 한 해 분량의
농경을 공중에 밝힐 수 없다
오상리*,
오상리에선 봄이 멀다
추억도 멀다
이곳의 산물은 오랫동안 눈물이었음을 난 기억한다

안일의 미신이었으며 한 번 떠나면 돌아오지 못할
누군가 잠깐의 정적을 여닫는지
항아리 뚜껑이 뒤꼍을 깨웠고
내 그리움의 아랫목에선
연기를 궁던한 지 오래된 굴뚝만이
빈 기침을 토해내고 있는 오상리,
이미 바람에게 행방을 내준 이정표가 떨고 있다

*오상리─강화군 내가면에 위치한 장수마을

우체국

이젠 우체국에선 편지를 쓰지 않는다
우체국은 유효 기간이 지난 망각의 계절이다
내 안의 계절들도 붉은 열매를 달고
달려온 사람 있었다
한 사내 떠나고 세상의 기차역 문들을 잠궈 버리고 싶은
욕망으로 들끓던 그때 나는 고작 스물이었고
가슴은 수취된 지 오래였으며
저녁노을은 왜 그리도 붉게 타오르는지,
이젠 우체국에선 편지를 쓰지 않는다
누구도 되돌아오지 않을 것이며
그 안의 계절들 더는 붉은 열매를 꿈꾸지 않는다
사랑은 오래 걸리지 않는다
어떠한 기적소리도 추억 속에 오래 머물지 않듯
열망들 그 안에서 타오르지 않는다
이젠 역 안에선 편지를 쓰지 않는다
서툰 구름들은 하역될 곳을 찾듯 낡은 속도로 지나치고
나에게 이제 스무 살 시절은 없다
동행 없는 화물차 칸 고요 같은것

이젠 역 안에선 편지를 쓰지 않는다

맨 뒷자리의 양심

이를테면 감사라는 말
비는 내리고 그 고마운 말이 잠망경을 꺼내야만
보일 것 같은 늦은 저녁의 이튿날
나는 서둘러 집을 나서고
집을 나서는 행위 속에도 햇살은 끼는 걸까
소도 오래 살다보면 뒷걸음질로 생쥐를 잡는다고 했던가
그 말을 입증이라도 하듯 몇 걸음 밖의 버스가
꽁무니에 몇 개 검은 행선지를 내뿜으며 달아나려는 순간
나에게 들어차는 건 하얗게 주저앉는 낭패감,
그때였다 이 시대의 고마움은 맨 뒷자리에 있음인지
한 승객이 버스를 잡아당겨 나를 승차시킨다
맨 뒷자리에 앉는다는 것
그게 얼마나 위험한 호의인줄 느꼈을 때
그는 이미 보이지 않고 감사라는 말의 행방은 늘 그런 것

나는 조용히 손거울을 꺼내어 잠시 전의
표정들을 닦아내기 시작한다

덤

젊은 시절 시간은 고장난 괘종시계처럼
험상궂을 때가 많았다
평범한 삶이 싫어 마흔까지만 살겠다고,
그러나 다짐은 곧 십 년 뒤로 늦춰졌고
그때마다 나무들은 제 안의 일을 멈춘 듯
방풍림처럼 고단한 성장을 미루곤 했다
미결인 이별들이 찾아들었고
서둘러 제 몫의 눈물을 챙기려는 듯 달려든 것도
그때였을까
젊은 시절 나는 마흔 이후의 삶을
공동묘지 저쪽에 둔 적이 있었다
그러나 그 다음의 첫날도 세상은 무덤으로
바뀌지 않았고 다만 십 년만 더 살겠다고……

참 오래된 덤임을 알게 된 건
내 나이 마흔 이후였다

겨울 삽화

— 군고구마

고구마를 굽는 일은 그리움을 익히는 일이다
어린 시절 퀘퀘한 건넛방 풍경을 파삭,
맛보는 일이며
소름 돋던 마을 뒤 황톳길을 초대하는 일이다
세상의 누가 차디찬 고구마를 기억 한켠에
그대로 놔두겠는가
잘 익은 군불이나 화로 속 그것들이 있는 한
고구마들의 낙원은 아궁이다
할머니의 모락모락 피어나던 옛 이야기를 들추는 일이며
마실 간 아버지가 그믐의 빗장을 잠그며 깃들던
아랫목의 따끈한 첫잠을 들추고 싶은 것이다
가을 코스모스길,
늦은 오후의 모퉁이를 돌다 보면 박스에 담겨 있는
황톳길의 기억들은 어린 시절 이야기들을
뒤적뒤적 들추어내는 일이다
지금 난 그 옛날의 잘 들추어지지 않던 구워진 속살의
기억이 궁금한 게 아니라
그날의 문풍지를 흔들던 저녁 한때의 노을들을

탐내는 중인지도 모른다

경계
— 혼자 사는 여자

이웃집과의 사이엔 넝쿨 장미를 심어야한다
때론 붉게,
때론 흰 인사도 나누어야 하리라
가끔씩 오후엔 중년에 대하여 덕담도 나누고
그 집 여인이 외출할 땐 궁금치도 않았던
도시 저쪽 사람들을 거실 안까지 끌어들여야 하리라
그러나 진화로 하루해가 질 수는 없는 일
모두가 외출한 시간
조금씩 이파리가 넓어지는 발자국 소리와
나머지 긴장들은 바늘 끝처럼 선다
의식 한켠 세콤이 붉은 경보를 울리기 시작하고
서너 걸음 저쪽 서재에서 걸어온 독서가
파문을 일으키기 시작한다

시도 때도 없이,

이웃의 웃음이 다시금 모여든 날 오후
나는 담장으로가 며칠 부주의하게 피어난

장미들을 자르고서
날카로운 가시들만 박아둔다

은밀한 오후
— 고추 말리기

햇살 좋은 마당에 고추를 말린다
고추를 말리는 것은 김장을 뒤적이는 일이다
젖은 계절을 말리는 일이다
겨울을 저장하는 일이며
차츰 싱거워지는 겨울 한때의
몸 속 사랑을 밝히는 일이다
상상만 해도 몸 속 깊이 얼얼한 날들,
조금 헐거워진 태양의 귀 밑에
덜 마른 고추들을 디밀어 넣는다

나는,

대동강 물을 팔아먹은 봉이 김 선달
섬진강 물을 팔아먹고 사는 김용택 시인
사월의 진달래는 소월 님이 팔아먹었고
가을 국화는 서정주 님이 팔아먹었다
나는 어떤 江 어떤 꽃을
내 가슴에 팔아먹어야 하나

원죄

한 발자국만 나가도 아이엠에프다
대출은 동파된 지 오래였고
양로원으로 오르는 길도 성에가 낀지 오래다
양지 바른 곳까지 걸어나왔던 고아원 아이도
수은주 뒤켠으로 사라졌다
여름은 쉽게 왔고 모기들만 대낮부터
그늘신 피를 훔치기 시작했으며
염치가 없어서일까
여름 지나고 가을 지나 겨울이 왔는데도
시도 때도 없이 세금을 요구한다
이 나라에서 태어난 죄밖에 없는데 그것도 원죄라고

우리들 몸속에도 원죄 하나 들어 있다
매일같이 나에게 또 다른 사랑을 요구하거나
모험을 요구하는 불청객 하나 들어 있다
안개 낀 밤
심야 한켠에서 내 몸을 흔들어
또 다른 추억을 고문하는 아주 오래된 관습 하나 있다

끝내 눈물을 요구하고

또 다른 골목을 내게 하거나

며칠씩 집을 비우게 하는

겨울 지난 난로 속 같은 차가운 기만 하나 들어있다

매일같이 내 안 더 깊은 곳에 노을을 방뇨하는,

우리들 몸속엔 바로 그 몹쓸 추억을 징수하는

세관 하나 들어있다

그리하여 모든 체념들은 낡은 걸음으로 뒤땅뒤땅

세월의 모퉁이를 가로질러

체납의 날들을 치르러 간나

목적문학의 탄생—반시대적 고찰

— 차영순 시인의 『횡청포구 바람 소리는 내게 잠언이었다』

박찬일(시인 · 추계예술대 교수)

고향이 좋은 것은 추억할 수 있는 잔고가 많이/ 쌓여 있

기 때문이 아닐까요   — 차영순

플라톤이 33편의 시를 남겼다. 하필 33편이다. 33세에 죽은 알렉산더, 33세에 십자가에 달린 예수. 김소월도 우리 나이로 치면 33세이다. 플라톤은 80세에 죽었다. 플라톤이 다음과 같은, 아폴론적 이미지예술—조형예술을 상기시키는 시를 썼다. 모방의 모방이라고, 이데아에 대한 가장 불충분한 모방이라고, 시(인) 추방론을 얘기한 자가 쓴 시라고 보면, 아주 놀랍다. 물론 '이런 시가 있고 저런 시가 있고'라는 규범에서 보면 아무 것도 아니다.

고개 들어 하늘의 별을 바라보오, 그대여.

오, 수많은 밤-별이 전부 나의 눈이라면 얼마나 좋을까.

그 눈길로 내 그대를 바라볼 수 있으면.

사실, 목적문학론의 원조가 플라톤일 것이다. 주지하다시피, 주저 『국가』에서 교훈성-교육성-윤리성을 강조했기 때문이다. 철인국가로 표상되는 이데아계가 목적계이다. 유익함과 즐거움prodesse et electare을 강조한 로마시인 호라티우스가 그 다음일 것이다. 목적문학론에 아리스토델레스의 카타르시스론, 롱기누스의 숭고미론을 포함시키면 목적문학의 범위가 넓어진다.

바람이 몹시 사납다, 옆집 유리창이 바람에 항복하고

수퍼집 커피 자판기가 옆으로 누워버렸다

새우젓 드럼통은 이리저리 날며 춤을 추고

이런 바람, 이곳에 오래 살아온 사람들도 처음이란다

사나운 바람 때문인지

파도들의 신음소리가 요란하다

물고기들의 길이 몹시 뒤엉킨 모양이다

이런 날 내 안에도 바람이 들어온다

육체의 빗장은 잠갔지만

불안의 빗장은 바람 앞에 무용지물이다

오늘 같은 밤은 사나운 바람보다

먼저 잠들 수 없을 것 같다

―「황청포구 15 ― 2008. 4. 25 일기」

"처음"이 숭고미와 관계있다. 처음 보는 "사나운 바람", 처음 보는 "파도들의 신음소리". "육체의 빗장을 잠갔"다? "불안의 빗장"을 잠글 수는 없다. 숭고미의 형이상학은 불안이다. 불안이 불안으로 '시간'을 건너가게 한다. 불안은 존재의 심연에서 건져올린 것. 숭고한 '처음 보는 바람', 숭고한 '처음 보는 파도'가 실존-현존과 대면하게 한다. 숭고미에 사로잡힌 인류가 평생 그 숭고미를 안고 살아가야 한다면 그 인류는 이미 형이상학-존재이다. 형이상학이 '존재-인생'을 건너가는 방법에 대한 얘기다.

이곳의 꽃들은 산을 넘기 위해 서툰 사월을 빌린다

내 푸른 눈썹을 간질이던 초경 때부터의 황사와

과학실의 실험 재료가 되기엔 너무 아까웠던

어느 남학생의 눈빛을 빌려 산을 넘는다

―「고비고개에 대한 몇 가지 고백 1」 부분

문학은 순수이든―경향이든― '목적' 이든 모두 목적

에 포함되는가. "산을 넘는"데 필요한 것은, "고비고개"를 넘는데 필요한 것은, "어느 남학생의 눈빛"이라고 한다. 그것도 "과학실의 실험 재료가 되기엔 너무 아까웠던" 어느 남학생의 눈빛이라고 한다. '어느 남학생의 눈빛'이 표상하는 것은 '구원'이 아닐까. 그 구원이 예술이 아닐까. 차영순은 예술-구원을 통해 이 세상을 넘어가려고 한다? 모두 형이상학이고 모두 목적문학 아닌가. 목적문학은 '혼란스러운 목적문학'이다.

오늘날 사용되는 목적문학론으로 목적문학의 정체성이 확립된 것은 계몽주의에서였다. 계몽의 철학자 칸트는 Sapere aude!가 표상하는 '미성년상태Unmündigkeit에서 벗어나 네 자신의 오성을 사용할 용기를 받으라!'고 요구하였다(「계몽이란 무엇인가」). '세속적 후견인-귀족계급과 정신적 후견인-성직사계급에서 벗어나라'고 한 것은 사실상 혁명을 요구한 것이다. 시민혁명에 결정적 자극을 준 것은 그 사진을 집안에 걸어두고, 그 『에밀』을 열독한 칸트보다, 그 사진의 루소, 그 『에밀』의 저자 루소였다. 루소의 「인간불평등기원론」이었다. 자연에 계급이 없다. 진달래-철쭉-개나리에 계급이 없다. 구호가 '자연으로 돌아가라!Zurück zur Natur!' 자연상태는 '만인에 대한 만인의 투쟁'이니까 국가가 필요하다—홉스이다. 결과는 같은 '사회계약

론'이다. 자연상태는 실존의 잔혹성-변덕성이 지배하
니까 자연상태를 넘어가게 하는 형이상학이 필요하다
―니체이다. 목적문학론에 니체의 형이상학-예술론을
끌어들면 너무 많이 끌어들이는 것이다.

　계몽주의문학의 절정이 레싱이다. 『함부르크드라마
투르기』에서 아리스토텔레스의 카타르시스론에서와
달리 비극에서의 연민-동고Mitleid를 '이웃에 대한 연민
연습'으로 해석하였다. 시민비극론의 골자는 시민적
주인공들에 의한 시민들의 연민연습이다. 목적문학의
출발점이 연민이다. 이탈이아의 아감벤(1942~)은 "호
모 사케르Homo sacer"를 말한다. 희생제로도 쓸 수 없는
반거충이를 말한다. "벌거벗은 생명/정치적 존재, 조
에/비오스, 배제/포함"(『호모 사케르』)이라는 대립쌍
을 구분한다. 조에- '벌거벗은 생명'은 폴리스 밖에 있
는 공민권이 박탈된, 정치적 보호를 받지 못하는 존재,
후자 비오스-정치적 존재는 폴리스 안에 있는 정치적
보호를 받는 존재이다. 벌거벗은 생명들에 의한 '혁
명'도 중요한 역사발전의 동력이었지만 벌거벗은 생
명들에게 더 중요한 것은 벌거벗은 생명의 벌거벗은
생명에 대한 온정이다. 레싱 식으로 말하면 벌거벗은
생명의 벌거벗은 생명에 대한 연민-同苦이다.

한 송이 국화꽃을 피우기 위해선

서정주를 잊어야 한다

무서리 천둥 소쩍새 먹구름을 교과서 밖으로

밀쳐내야 한다

내 학창 시절의 교과서는 베껴 쓰기였다

그 속에서 국화도 벗겨졌고

문단 나누기도 벗겨졌고

내 십대 후반의 연애편지도 교장실에서 벗겨졌다

한 송이 국화꽃을 피우기 위해선,

—「국화」 부분

　미당이 누구인가, 순수시의 대명사이다. 멜로디의 대명사이다. 존재의 심해에서 건져 올린 저 마법의 멜로디. 호메로스가 그랬다. 존재의 심해에서 근원적 고통·근원적 모순을 건져 올렸다. 실존의 고통은 많은 것을 포함한다. 미당은 실존의 고통을 건너가는 법을 '쉽게' 알았다. 미당은 '벌거벗은 생명'에 대한 의식이 없었다. 벌거벗은 생명이 벌거벗은 생명을 同苦한다. 그는 동고를 몰랐다. 동고하는 법을 몰랐던 그를 친일인명사전에 올리는 것은 웃기는 일이다. 전두환 56세를 기념하는 송시를 올렸다고 비난하는 것은 웃기는 일이다. 벌거벗은 생명은 '벌거벗지 않은 생명'을 질

투하지 않는다. 벌거벗은 생명은 벌거벗은 생명을 동
고한다. 설령 벌거벗은 생명을 의식하고 있었더라도
―"애비는 종이었다"(「자화상」)― 미당은 벌거벗은
생명을 동고하지 않았고, '정치적 존재'가 되었고, 벌
거벗은 생명을 잊었다. 벌거벗은 생명에 대한 동고는
그에게 일어나지 않았다. 시인은 벌거벗은 생명을 망
각한-의식하지 않은 미당을 "잊"으려고 한다. "교과
서"에서 배운 "무서리 천둥 소쩍새 먹구름"을 "밀쳐
내"려고 한다. "교장실"은 '정치적 존재'의 알레고리,
차영순은 차영순의 "한 송이 국화꽃을 피우"려고 한
다. 빌거벗은 생명-조에를 보려고 한다. 불행한 이웃
에 대한 연민이 변화-변혁의 혁명가로 이어지지 않는
다 해도 나는 '그를 위해' 행복하다.

까맣게 무겁기만 하던 마음이

자신을 불태우고 나서야 하얗게 가벼워집니다

차갑기만 하던 내 마음이 뜨겁게 불타오르고 나서야

춥기만 하던 당신의 마음이 따뜻하게 녹았습니다

가난한 내가 가난한 당신을 사랑했기에

우리는 서로 타오를 수 있었을까요

목련꽃 핀 주택가 변두리를 산책하다가

누군가의 집으로 배달되고 있는

리어카 연탄을 보고야 우리는 알았습니다

세상에 사람들은 옛날 아궁이 속에서만

재가 되는 것이 아니라

지금도 검은 부피에 얹혀 나누어지고 있다는 사실을,

—「연탄 나누기」 전문

앞부분은 다시, 연민이다. 동고이다. 벌거벗은 생명의 벌거벗은 생명에 대한 동고이다. "연탄"이 소신공양 중이다. 「연탄 나누기」가 연민-동고를 넘어서는 것으로 보는 것은 6행의 "우리"라는 말에 주목하는 것이다. '우리'는 연대를 표상한다. 9행 끝 "우리는 알았습니다"의 '우리' 또한 연대를 표상한다. 古典語로 얘기하면, 반영론, 당파성과 함께 사회주의적 리얼리즘의 가장 보괄적 원칙인 '민중연대성'을 표상한다. "세상에 사람들은 옛날 아궁이 속에서만/ 재가 되는 것이 아니라/ 지금도 검은 부피에 얹혀 나누어지고 있다는 사실을,"의 어조는 「신시대」 1891년 2월 17일자에 실린, 사회민주당 내에서 '일종의 교서'와 같은 역할을 한, 리프크네히트가 「베를린에서의 편지」에서 쓴, "살아있는 족속들을 서로 첨예하게 대립하는 두 집단으로 나누는 문제들"의 어조와 다르지 않다. 연탄 때는 사람 모두 모이세요, 연탄 때는 사람들만!

한 장 남은 달력이 가볍습니다

백화점이 덤핑에 들어갔으며

거리의 적선들도 구세군 냄비 앞에서

세일에 들어갔습니다

죽음들도 서둘러 세일에 들어갔으며

예식장 새출발도 한바탕 세일 중입니다

그 뿐만이 아닙니다

값 싼 인물론에 2012년 대선의 민심도

세일에 들어간 것은 아닌지,

오지 않는 잠을 달래려 유선채널을

몇 개의 공약 속으로 눌러 봅니다

—「대한민국은 세일 중」전문 ①

지난밤 포기하지 못한 건조한 반찬들 몇

식탁으로 옮긴다

—「혼자 먹는 밥」부분 ②

오전 내 마신 내 종이컵 하나 꺼내들고 가

막 빠져 나가기 시작하는 썰물을 붙들어

도시에서의 삶을 떠내어 본다

—「황청포구 4」부분 ③

황청리 바다, 이곳의 밤은 개 한 마리의 경계심에도

파도들이 샅샅이 흩어진다.

— 「황청포구 5」 부분 ④

바다가 태양 하나 옮기고 있다

등짐 나르듯 뻑뻑한 힘으로

9월의 태양을 옮기고 있다

바다의 짐 일,

그것 참 가슴 아픈 일이다

— 「황청포구 13 – 노동」 부분 ⑤

⑦ 지도자 선거가 12월이라니까 지도자를 "세일" 목록에 끼워보는 것. 가장 싼 값의 지도자를 사게 하는 것. 비싼 지도자를 누기 사겠는가. 자본의 시대에, 효율의 시대에, '최대이윤의법칙'의 시대에, 지도자들이 고만고만하면 제일 싼 지도자를 뽑는 것이 당연지사이다. "싼" 게 비지떡? 셋 다 비지떡이면 싼 게 비지떡이다. 주위에 몰려든 자들 중 연탄 때는 집에 사는 '싼' 사람이 없다. 벌거벗은 생명이 없다. 벌거벗은 생명은 벌거벗은 생명끼리, 벼는 벼끼리, 피는 피끼리. 진보당(?) 주위에 모인 사람들이 '벌거벗은 생명'이라고? 주사파가 벌거벗은 생명이라고? 벌거벗은 생명이

125

어디에 있는가. 지하도에, 병원에, 파고다공원-술집에, 창부-집에, 후미진 곳-볕 안 드는 지하방에.

② 구질구질한 삶, 이미 지나버린, "건조한 반찬들 몇"에 목매고 사는 삶—벌거벗은 생명이다. 먹기 싫으면 남기고—남긴 것은 버리고—버린 것은 누가 재활용하고—'정치적 존재'의 생각이다. 벌거벗은 생명이 잔반을 通分한다. 그렇다고, 잔반을 通分한다고, 욕하지 마라. 이것은 사실 너희들 '정치적 존재'의 전유물 아닌가— '너희들 삶의 실상 아닌가.'

③ "도시"는 자본주의 '맷돌의 법칙'이 노골적으로 지배하는 곳이다—사본주의적 생활양식이 전면적으로 지배하는 곳이다. 예술가-지식인에게는 도시의 魔力과 도시의 저주가 함께 공존하는 곳이다. 魔力은 이를테면 '글쓰기'의 寶庫이기 때문이다. "썰물을 붙들어/ 도시에서의 삶을 떠내어 본다"고 했지만 쉬운 일이 아니다. 더구나 "종이컵" 하나로는 어림도 없다. 시인도 알고 있는 듯, "황청포구"가 보이는 곳에서 태어났지만 시인은 도시에서 運命처럼 殞命해야 하리. 임금노동자도 자본가처럼 기획적-합리적 삶을 욕동한다. 불확실한 농촌생활보다 확실한(?) 도시생활이 좋은 것이다.

④ 도시비판의 재료로 "황청포구"-"황청리 바다"를

이용한다. 낭만주의가 목적문학의 반열에 오른 지 오래이다. 역사로부터의 도피—현실로부터의 도피? 아니다. 19세기 전반, 자본주의생활양식에 대한 외면—자본주의생활양식에 대한 비판으로 간주된다. 합리주의-효율주의 등 자본주의이념을 환상-꿈-광기-동경 등으로 외면한 것이 낭만주의이다. "개 한 마리의 경계심에도/ 파도들이 샅샅이 흩어"지는 곳이 어디 있는가. 거기 '황청리 바다'가 그런 곳이다. '황청리 바다'는 중세-동양 쯤 되는 '때-곳'이다.

⑤ '수고하고 무기운 짐 진 자'는, 현대에, 자연물까지 포함시키게 한다. '수고하고 무거운 짐 진 자'처럼 "바다"가 —여기에서는 바다다— "태양 하나 옮기고 있다/ 등짐 나르듯 뻑뻑한 힘으로/ 9월의 태양을 옮기고 있다". 여기까지 오기 위해 시인은 얼마나 자주, 얼마나 무거운, '등짐'을 졌을까. 바다가 등짐을 져서 태양을 옮기고 있다? 반자본주의적 난폭한-광포한 상상력이 아닐 수 없다. 바다가 작고, 태양이 크다. 작은 것이 큰 것을 지고 가는 세계—"그것 참 가슴 아픈" 세계이다.

> 지금 남당리 포구에는 오염된 바다를 뛰쳐나온
>
> 새조개들이 현수막 속에 들어앉아 호객행위를 한다

지나가는 차량들 무심히 쌩쌩쌩

겨울바람을 일으키며 도망치듯 달아난다

아! 남당리

포구의 주차장은 새조개의 빈 껍질처럼

텅텅 비어있다

북적이던 식당 안은 싸늘한 난로만이 덩그러니 놓여있다

바다를 살리자고 외치던 사람들은

모두 어디로 간 것일까

바다를 뛰쳐나온 새조개들만이

수족관을 지키고 있을 뿐,

―「새조개는 삐끼 중」 전문

    절창이다. '육식의 종말', '노동의 종말', '접속의 종
말' 등등이 아니다. 자본주의의 종말에 대한 알레고리
로 읽힌다. 자본주의경제는 화폐경제이다. 자본주의
경제는 通分경제이다. 3/4과 4/5를 통분하면 15와 16
으로 그 차이가 분명해진다. 15와 16의 차이가 화폐의
차이이고, 상품의 차이이다. 통분경제를 무시하는 것
은 자본주의경제를 무시하는 것이다. "오염된 바다"에
서 "뛰쳐나온/ 새조개"가 오염되지 않았을 리가 없다.
상품이 오염됐는데 "차량들"이 들를 리가 없다. 상품
경제가 무너지는 것은 통분경제가 무너지는 것―자본

주의경제가 무너지는 것. 새조개로 표상되는 상품들이 오염되어 있으므로, 그것도 자본주의-인류들이 바다를 오염시킨 결과이므로, 자본주의경제가 할 말이 없게 됐다. 자본주의경제의 몰락은 인류의 몰락일까. 리프킨은 왜 인류의 종말을 얘기하지 않았을까. 후쿠야마가 '역사의 종언'을 얘기했을 때 이것은 '사회주의경제체제의 몰락-자본주의경제체제의 승리'를 함축했었다. '투쟁'에서 자본주의경제체제가 승리했으므로 '역사가 끝났다'는 것이다. 다시, 자본주의경제체제의 종말을 리프킨은 왜 얘기하지 않는 걸까. 헤겔의 역사종말론이 오류였던 것처럼 후쿠야마의 역사종말론이 오류인 것은 분명한데, 자본주의경제체제가 끝나야 역사의 종언을 말할 수 있을 것 같은데. 자본주의의 종말은 인류의 종말의 유비인가. 인류의 종말의 유비가 자본주의의 종말인가.

'연민의 베스트가 인간의 베스트다.' 레싱의 말이다. 1856년, 8년간의 긴 매트리스인생 끝에 죽음을 맞은 하이네, 그에 의해 참여문학론이 본격궤도를 타기 시작했다. "혁명이 문학 속으로 들어온다"(1, 420)—문학이 혁명 속으로 들어온다.

쥐에는 두 가지 종류가 있다.

굶주린 쥐와 배부른 쥐.

배부른 쥐는 느긋이 집에 머물러있지만

굶주린 쥐가 나돌아 다닌다.

— 하이네, 「시궁쥐」 부분

하이네는 괴테시대를 예술의 자율성을 표상하는 '예술시대'로써 비판적으로 명명하였다. 문학예술이 제1의 세계를 반영해야 하는데 괴테-쉴러의 바이마르고전주의-이상주의는 제2의 세계를 반영했다. 물론 쉴러-계몽주의시기에 '무대'로 표상되는 문학예술을 "도덕기관"으로 간주한 적이 있었다. 쉴러의 드라마 『군도』, 『빌헬름 텔』들에 변혁-해방의 의지가 전반적으로 포함된다. 쉴러의 '미적 교육'에 의한 놀이충동Spieltrieb은 칸트가 1790년 『판단력비판』에서 전개한, 무목적적 목적성—탈이해관계의 영역으로 단정되는, 예술론과 유비관계에 있다. "미적취미판단을 결정하는 쾌감은 모든 이해관계를 벗어난다"(『판단력비판』, 2. K.). 근대 이후 목적문학은 무엇보다도 유물론적 문학의 자장권에서 설명된다. '의식이 존재를 결정하는 것이 아니라, 존재가 의식을 결정한다.'(마르크스, 『독일이데올로기』). 근거는 물론 포이어바흐의 유물론이다. 거칠게 말하면 초기마르크주의 예술론은 1890년대 메링의 자연주의비판을 거쳐, 브레히트의 리얼리즘론, 루카치의 변증법적 총체적 문학론을 거쳐 1930년대 소비에트연방 작가회의에서 확정된 사회주의적 리얼리즘에서 그 절정을 이룬다. "오늘의 비참함"이 아닌, "내일의 희망"(「오늘날의 자연주의」)을 그릴 것을 요구한 메링, "죽어가는 사회"가 아닌 "발생하는 사회의 싹"(「알코올중독과 알코올중독의 극복」)를 그릴 것을 요구한 카우츠키의 중요성은 목적문학-마르크스문학 이론에서 그 중요성을 아무리 강조해도 지나치지 않다.

잠실체육관에 들렀다, 잠실이 무엇이던가

누에가 추억을 읽었던 아주 오래전의 어원이리라

나도 오래전의 그 만큼을 읽기 위해 외두를 여미며

체육관 한쪽을 찾았다

[…]

내가 조용필을 좋아하는 것은 그의 목소리가

프라하를 닮았기 때문이다

그의 목소리가 공산주의 외곽을 차치하기 때문이다

아직은 포성을 포기하고 싶지 않다

그게 조용필이라면,

— 「조용필 공연을 보았다」 부분

나는 "프라하"에서 '프라하의 봄'을 떠올리지 않으려면다. 프라하에서 "공산주의"의 본령을 떠올리련다. 이 시의 열쇠어는 "조용필"이고 조용필의 "목소리"이다. 조용필의 목소리는 "공산주의 외곽"에 어울리지 않는다. 조용필의 목소리는 공산주의 외곽을 "차치"한다. 차치가 아니라, 차치라고 한 것에 주목해야 한다. 조용필의 목소리를 통해 공산주의의 본령을 얘기한 것으로 보는 것이다. 조용필의 "포성을 포기하고 싶지 않다"는 것—본래적 공산주의에 대한 열창-열망을 포기하고 싶지 않다고 한 것. "잠실체육관"은 운동장이다. 시인은 운동상이 운농장이던 시절을 기억한다. "오래전의 그 만큼을 읽기 위해 외투를 여미며/ 체육관의 한쪽을 찾았다"고 말한다. '오래전'이 눈물겹다. '외투를 여미며'가 눈물겹다. '체육관의 한쪽'이 함의하는 바가 눈물겹다.

　사르트르의 참여문학론을 빼놓을 수 없다. 「실존주의는 휴머니즘이다」에서 그 단초를 드러냈고 『지식인을 위한 변명』에서 절정을 이룬다. 물론 『존재와 무』(1943)를 먼저 얘기해야 한다. 즉자존재, 대자존재("실존은 존재에 선행한다")를 말하고, 3부에서 인간이 대타적 존재, 즉 인간이 타자를 의식하는 존재라는 것을 명확히 한다("타인은 지옥이다"—시선공포)—타자의

판단이 아닌 자신이 기획이 중요한 것을 말한 것. 사르트르가 "무"를 말할 때 이것은 인간-존재는 미결정상태라는 것을 말한 것. 불안은 인간이 자유를 실현하는 동력이다. 실존주의는 자유-선택-책임이라는 키워드로 설명된다. '실존주의가 휴머니즘'인 것은 사르트르에게 자유-선택-책임이 '휴머니즘'에 對한 것이기 때문이다―피지배계급을 위한 '휴머니즘'이기 때문이다 1965년 일본 동경-경도에서 행한 세 차례의 강연을 묶은 『지식인을 위한 변명』은 지식인론의 '한' 압권이다. 사르트르에 의하면 지식은 실용적 지식을 가진 전문가집단, 이를테면 회계사-법률가-경제학자-의사 등에서 나온다. 지식전문가들은 지배계급의 봉사자-전통계급의 수호자이다. 그들은 지식의 보편주의와 평등주의를 자본가계급의 이익을 위해 사용한다. 또 한 부분의 지식전문가들은 지배계급의 하수인을 부정하고, 지배계급의 이데올로기를 폭로하고, 지식의 보편주의와 평등주의가 '진정한' 보편주의와 평등주의에 사용될 것을 요청한다. 진정한 지식인들은 ―예술가들을 포함해서― 실천적-혁명적 의지를 통해, 그들의 입장을 대변할 자를 배출해내지 못한, 가장 혜택 받지 못한 계급―피지배계급을 위해, 그들의 지식을 사용한다; '지식인의 종언'(『지식인의 종언』)을 얘기한 것은 리오타르이다. 리오타르는 지식인의 종언을 참여 지식인의 근거가 되는 '보편적이념'의 몰락-퇴조에서 본다. 현실사회주의몰락에 의해 프롤레타리아해방이 념이 무너지고, 신자유주의-글로벌자본주의에 의해 자유주의자의 계몽이념 또한 무너졌다. 그렇다 하더라도—사르트르의 '참여문학-참여예술'이 그동안의 '예술을 위한 예술'-예술지상주의-탐미주의-유미주의 등의 가장 확실한 대척점인 것은 분명하다. 마르크스주의-레닌주의-마오주의가 사르트르에 의해 친숙한 이름이 되었다.

> 내가 연애편지를 읽고 있을 때
> 고비고개는 시멘트로 덮어지고 있었다
> 오랜만에 돌아와 보니 그들은 대부분
> 콘크리트 업자가 되어 있었다
> 나는 동해를 보기 전에 말라붙은 고비고개를 보았다
> 그날 아침의 숙취는 토마토로 달랬다
>
> —「고비고개에 대한 몇 가지 고백 2」전문

"고비고개"를 "시멘트"로 덮는 "콘크리트 업자"가 있으면, 국토관리청 공무원이 있겠고, 은행 지점장이 있겠고, 시멘트를 생산하는 자본가가 있겠고, 그리고 말단에 '중졸 50대' 노동자들이 있을 것이다. 그리고, 그리고, '고비고개를 콘크리트로 덮는 일'에 대해 是非 하는 예술가-지식인이 있을 것이다. '고비고개를 시멘 트로 덮는 일'은 콘크리트회사, 은행, 국토관리청, 자 본가들을 위한 일? "말라붙은 고비고개를 보"고 시인 은 술을 많이 마셨나 보다. "숙취"를 말하니까 말이다. 숙취에 좋은 "토마토"는 좋은 토마토, 빨간색 토마토 는 좋은 토마토. 빨간 토마토가 숙취에 좋다고 한다. 프롤레타리아해방이라는 이념이 무너진 지 오래 됐 다. 그러나, 차영순이 프롤레타리아해방을 다시 말한 것으로 친다.

> 황청리 하루가 하품들 몇 뻘 앞에 세워두고서
>
> 폐교 풀 덮인 운동장 쪽으로 종적을 감춘다
>
> ―「황청포구 3」 부분

　"황청리"가 산업자본주의를 통해 얻은 것은 콘크리 트이고, 잃은 것은 학교 "운동장" 같은 것이다. 시인이 "폐교 풀 덮인 운동장"이 아닌 진짜 운동장을 그리워 한다. 운동장은 '운동' 하는 곳이다.

> 이곳은 섬이었다

섬 안의 날들은 구속과 은총의 본능을 주었다

평화는 지천으로 많았다

이곳의 평화는 나무에도 열렸고

곡식 창고를 드나드는 쥐들도 물고 놀았다

이제 이곳은 혼란이다

더 이상 섬이 아니다

뭍이 하나둘 나리를 건너오더니

섬은 투기 뒤에 매립되고

뭍들이 언제부터인가 아예

주인 행세를 하기 시작했다

—「강화도 1」 부분

"섬"을 "구속과 은총", 그리고 "평화"로 상징시켰다. "나무"도 평화였고, "쥐들"도 평화였다. 식물과 동물이 모두 평화인 이곳을 황폐화시킨 것은—"혼란"으로 만든 것은 "뭍"이었다. 뭍이 상징하는 것은 "투기"이다. 섬을 뭍이 점령한 것은 평화를 투기가 점령하는 것—아름다운 알레고리이다. 투기가 표상하는 것은 물론 자본가이다. 자본가가 투기를 표상한다. 자본가가 "주인 행세"를 하는 세상에 대한 아름다운 알레고리이다. 프롤레타리아해방이라는 이념이 사라졌지만 차영순에게는 사라지지 않았다. 뭍-자본가가 표상하는 것은 아탈리의 용어로 말하면 '하이퍼노마드'이다. 자발적 노마드로 富를 소유하는 계층이다. 이 대척점에 '인프라노마드'가 있다. 노숙자, 이주노동자, 망명자들을 말한다. 자영업자, 농민, 노인, 임금노동자들이 '정착민'이다. 정착민들도 자본주의적 정글의 법칙에 의해 언제 인프라노마드로 전락할지 모른다.

서해 바다로 가는 길을 물어 보고 싶지만
바다로 나아가는 무모함 보다는
새로 뽑은 소나타를 몰고
바다가 아닌 소읍을 향해 작은 외출을 한다

—「황청포구 2」 부분

"바다로 나가려는 무모함"이 표상하는 것을 혁명-의지로 본다. "소읍", "작은 외출"이 표상하는 것을 혁명-의지를 상실한 '소시민-쁘띠부르주아'로 본다. 우리-모두, 합리주의-효율주의, 무엇보다도 '최대이윤의법칙'에 함몰되어 산다. "새로 뽑은 소나타"가 표상하는 것은 나탈리 式 그 표현, '정착민'이다. 소나타 다음은 그랜저, 그랜저 다음은 제네시스, 하이퍼노마드에 당도하면 메르세데스-벤츠이다.

초등학교 동창생이 내게 던진 충고는 독했다

"너는 나이를 먹었으면 철이 들어야지"

현기증 같은,

기억이 희미해진 한켠에 있던 주변 안주에 섞인

그 말은 분명 술보다 독했다

—「주정」 부분

'철이 든다'는 것은 자본주의적 생활양식에 합세하는 것을 말한다. "철이 들어야" 산다. 자본주의적 생활양식에 합세해야 산다. 철부지들이 '자살예비생도들'이다. 칸트가 吐했던 '미성년상태'란 오늘날 자본주의적 생활양식에 적응하지 못하는 자를 일컫는다.

목적문학의 대표적 표상인 참여문학론, 사회주의문학론, 노동문학론, 그리고 이에 대한 반작용으로서 순수문학론은, 강조하면, 역사적 자연주의에서, 그리고 자연주의비판에서 거의 드러났다. 자연주의문학은 현실과의 직접적 관련을 추구했다. 노동자-도시빈민-창부-알콜중독자 등 '수고하고 무거운 짐 진 자들에 대한 관심', "삶의 어두운 부분의 전면적 부각"(마할, 『자연주의』), '추하고 역겨운 것의 묘사', '반부르주아적 성격', '시민적 반대운동이면서 사회주의적 성격 동반'(브라우네크, 『19세기 말—문학과 공공성』) 등이 자연주의를 부르는 말들이다. 자연주의에서 '신분제한규정Ständeklausel'이 완전히 철폐되었고, "인물의 균질화" (보르히마이어, 「자연주의와 그 후예들」)가 달성되었다. "부르주아는 부패한 계급이다. 부르주아계급이 적이다. 그들은 멸망할 것이다!"(알베르티Alberti, 「부르주아계급과 예술」). 프롤레타리아계급은 "개 같은 삶" (홀츠, 『파파 햄릿』)을 살았고, 프롤레타리아계급에게 '성교가 돈 안 드는 유일한 즐거움'이었다(아우어바흐, 『네메시스』). "노동의 해방은 노동자계급의 일이 되어야 한다. 모든 다른 계급은 노동자계급에 반대하는 반동적 집단일 뿐이다."(1875년 고타에서 출범한 '독일사회주의노동자당'의 「강령」부분)

아름다운 시 「항변」은 '아름다운 항변'이다.

오늘 같은 날은 안녕하세요? 라고 물으면 안됩니다

내 삶은 당분간 척추 근처에서 안부를 잃고 말았습니다

무릎 뒤쪽의 힘줄들이 일제히 일어나

피아노 건반 '운명'을 두드리고

오늘 같은 날은 정말이지 세상의 어떤 인사도

제 척추를 통과할 수 없습니다

밖의 햇살이 따뜻하다구요

벚꽃이 락 음악처럼 춤추고 있다구요

오늘 같은 날은 세상의 그 어떤 꽃 소식도

내 등줄기로는 범접할 수 없다는 걸

내 척추는 잘 알고 있지요

오늘 같은 날은

정말이지 오늘 같은 날은,

—「항변」 전문

아마 교통사고를 당했고, 병원침대에 누워있었던 모양이다. 절실한 것에 절실하지 않은 것이 밀린다. "척추"에 "따뜻"한 "햇살"이 밀리고, 척추에 "락 음악처럼 춤추고 있"는 "벚꽃"이 밀린다. 두생하는 척추는 시 쓸 시간이 없다. 마치 "투쟁하는 독일은 시 쓸 시간이 없다"(「베를린에서의 편지」)는 리프크네히트의 말이 듣는 것 같다. '예술과 정치의 시차론'을 주장하는 메링의 목소리를 듣는 것 같다. 다시 말하자. 절실한 것에 절실하지 않은 것이 밀린다.

입원 8개월 만에 나는

내 안의 고통들을 연주하는 법을 배웠습니다

—「외출」 부분 ①

사우나를 나오자 바깥세상은 더 오리무중이다

140

자동차 문을 열자 훅 안개가 먼저 차안을 차지하고

호흡을 가다듬자 안개는 술보다 더 빠르게

식도를 타고 넘어간다

안개를 마신 나는 안개 속에서 길을 헤맸다

안개를 온 몸에 감싼 신호등은 누렇게 들떠있고

어쩌다 스치는 자동차들도 두 눈만 깜빡거리며

다가왔다 안개 속으로 사라졌다

안개 빛깔을 닮은 고양이 한 마리

길 위에 붉은 카펫을 깔고 누워있고

이런 날 밖으로 나돌아 다니는 것은 자살행위다

—「안개에 갇히다」 부분 ②

② "사우나"의 세계도 '안개-세계'이고, "자동차"의 세계도 안개-세계이다. "비깥세상" 모두가 안개-세계이다. "나"의 "식도"도 안개-세계이다. 한 치 앞을 내다볼 수 없는 세상? 이 말이 이미 사치인지 모른다. "안개 빛깔을 닮은 고양이 한 마리"가 벌써 "길 위에 붉은 카펫을 깔고 누워있"는 게 보인다. 시인이 무섭다.

① 병자들은 무엇을 위해 사는가. 아니, "고통들을 연주하는 법을 배"우는 것이 삶인가. "8개월" 동안 "입원"해 있는 병자를 정신병자, 알콜중독자, 창부, 극빈자, 노숙자들과 같이 취급하는 것은 그들의 심리적 상

태가 다른 이들과 분명 다를 거라는 사실을 전제한다. 소수자들이 겪는 고통? 소수자들이 겪는 고통이라고 넘길 일이 아니다. 우리, 소수자로 넘어가는 연습을 해야 한다. 소수자로 넘어가기가 어려운 일이 아니다. 쉬운 일이다. 주위를 돌아보라. 1997년 외환위기 이후의 노숙자—등장을 생각하라. 양극화 세계의 '맨 아래'를 생각하라. 소수자로 넘어가기 위한 연습은 '그들'에 대해 생각하는 것이다. 그들의 '하루'에 대해 생각하는 것이다. 그들의 '한 시간'에 대해 생각하는 것이다. 다르게 말한다. 그들을 同苦하는 것이 이미 사치인 세계에 와 있는 줄—모른다.

황청포구 바람 소리는
내게 잠언이었다
ⓒ 차영순

초판 인쇄 2012년 11월 11일
초판 발행 2012년 11월 16일

지은이 차영순
펴낸이 홍순창
펴낸곳 토담미디어
100-380 서울시 중구 퇴계로50길 12(묵정동, 2층)
Tel 02-2271-3335 Fax 0505-365-7845
출판등록 제2-3835호 2003년 8월 23일
http://www.todammedia.com
북디자인 김연숙
ISBN 978-89-92430-73-9